Balzac et la petite tailleuse chinoise

FichesdeLecture.com

BALZAC ET LA PETITE TAILLEUSE CHINOISE (FICHE DE LECTURE) 4

I. INTRODUCTION

II. RÉSUMÉ DU ROMAN

Chapitre 1

Chapitre 2

Chapitre 3

III. PRÉSENTATION DES PERSONNAGES

Luo

Ma

La Petite Tailleuse

Le tailleur

Le Binoclard

Le vieux meunier

Le chef du village

La mère du Binoclard

IV. AXES DE LECTURE

Le contexte historique

Une histoire d'amour particulière

L'absence de liberté

La force des livres, l'influence du savoir

Les conditions de vie dans la campagne chinoise

DANS LA MÊME COLLECTION EN NUMÉRIQUE 13

À PROPOS DE LA COLLECTION 17

Balzac et la petite tailleuse chinoise (Fiche de lecture)

I. INTRODUCTION

Balzac et la Petite tailleuse chinoise est le premier roman de l'écrivain franco-chinois Dai Sijie. Paru pour la première fois en 2000, l'ouvrage est rapidement devenu un best-seller et a été diffusé à travers le monde en plus de 25 langues.

Écrit en français pour éviter la censure, le livre raconte comment deux amis se retrouvent, en pleine révolution culturelle chinoise, condamnés comme « ennemis du peuple » en étant fils d'intellectuels, et sont donc envoyés en rééducation auprès de paysans chinois, sous Mao.

Nous les suivons alors dans la province du Sichuan dès 1971, jusqu'au jour où une valise remplie d'ouvrages interdits parvient jusqu'aux villages… Cette dimension se double d'une histoire d'amour entre l'un des amis et la fameuse « petite tailleuse ».

II. RÉSUMÉ DU ROMAN

Chapitre 1

Le chef du village examine les bagages des deux jeunes garçons de la ville. Le violon de Ma fait l'objet d'une inspection minutieuse. La rééducation : dans la Chine rouge, à la fin de l'année 68, le Grand Timonier de la Révolution, le président Mao décide de fermer les universités et d'envoyer les jeunes intellectuels à la campagne pour y être rééduqués par les paysans pauvres. C'est ainsi que nos deux héros, Ma et Luo, se retrouvent au début de l'année 1971, dans un village perdu au fin fond de la montagne du Phénix du Ciel, logés dans une maison sur pilotis. Le père de Ma est pneumologue et sa mère spécialiste des maladies parasitaires. Le père de Luo est dentiste et il est célèbre dans toute la Chine pour avoir refait les dents du président Mao avant la Révolution. Les deux garçons ont grandi ensemble et connu toutes sortes d'épreuves, parfois très dures...

La maison des deux garçons devient rapidement le centre du village grâce à un autre « phénix » dont le maître est Luo. En réalité, ce n'est pas un vrai phénix, mais un réveil en forme de coq orgueilleux à plumes de paon. Dans le village, il n'y avait jamais eu de réveil, d'horloge ni de montre. Les gens vivaient en regardant le soleil se lever et se coucher. Le réveil prit bientôt sur les paysans un véritable pouvoir. Le chef du village l'utilise pour avertir les dormeurs quand l'heure est venue de travailler. Mais les garçons commencent à modifier les heures du réveil...

Il pleut souvent dans la montagne du Phénix du Ciel. Presque deux jours sur trois. L'humidité est quasi-permanente et la moisissure ronge tout. C'est pire que d'habiter au fond d'une cave. La nuit, quand Luo n'arrive pas à dormir, Ma joue du violon : Mozart, Bach, Beethoven. Luo et Ma raconte quelques films au chef qui bave d'en entendre davantage. Il ordonne aux deux garçons d'assister à la prochaine projection mensuelle dans la ville de Yong Jing et de revenir raconter le film aux villageois. C'est un énorme succès.

Dans un village voisin demeure un tailleur très demandé. Il a une petite fille très belle surnommée « la princesse de la montagne du Phénix du Ciel. » Le tailleur se rend de village en village pour travailler et reste parfois plusieurs semaines au même endroit. Il mène une vie de prince, est traité en véritable seigneur par les familles qui ont besoin de ses services. Un jour, Luo et Ma se rendent chez le tailleur pour faire rallonger le pantalon de Luo de quelques centimètres. Ils font la connaissance de la petite tailleuse. Ma demande à Luo s'il en est tombé amoureux. Luo répond : « *Elle n'est pas civilisée, du moins pas assez pour moi !* »

Luo et Ma doivent travailler pendant deux mois dans une petite mine de charbon artisanale qui fournit du combustible aux montagnards. Ils habitent avec les paysans-mineurs dans un humble dortoir adossé au flanc de la montagne. Le travail est très dur et bientôt, Luo tombe malade. Le paludisme. Les paysans essaient de chasser la maladie en fouettant le dos de Luo avec des branches de pêcher et de saule. Une lettre de la petite tailleuse les informe que deux jours de congé leur sont accordés pour aller raconter un film au village du tailleur.

Ils choisissent de raconter « La petite marchande de fleurs », un mélodrame coréen. En dépit de sa maladie qu'il considère terminée, Luo décide de partir avec Ma pour le village du tailleur. Arrivés chez la petite tailleuse dont le grand-père est en déplacement, Luo délire. La jeune fille l'installe dans sa chambre et part cueillir une plante avec laquelle elle fabrique un médicament pour Luo. Quatre vieilles sorcières sont appelées à son chevet pour aider à chasser le mal. Ma doit raconter un film pour les tenir éveillées mais il ne possède pas le talent de conteur de Luo...

Chapitre 2

Le Binoclard entre en scène. Adolescent de dix-huit ans, ami de nos deux héros, rééduqué dans un village voisin sur le flanc de la montagne, il possède une valise secrète qu'il dissimule soigneusement. Son père est écrivain et sa mère poétesse. Le lendemain de la séance de cinéma oral chez la Petite Tailleuse, nos deux amis rentrent chez eux. En passant devant le village du Binoclard, ils l'aperçoivent, travaillant dans une rizière avec un buffle. La queue du buffle démesurément longue le fouette en plein visage et envoie voler ses lunettes en l'air. Il souffre d'une grave myopie et est presque aveugle sans ses lunettes. Heureusement, Ma réussit à les retrouver dans la boue. Ne pouvant quitter son travail, le Binoclard leur propose d'aller se reposer chez lui. Cherchant un chandail, Ma découvre une valise mystérieuse très lourde. Le Binoclard refuse de révéler son contenu. Devant la méfiance du Binoclard à leur endroit, Ma et Luo se doute que la valise renferme des livres interdits : de la littérature occidentale.

Par un froid matin de printemps, la neige se met à tomber. Nos deux amis rendent visite au Binoclard, informés qu'un malheur lui est arrivé : ses lunettes sont cassées. Ils lui offrent leur aide en échange d'un livre. Celui-ci commence par refuser puis accepte. Il leur prête un livre de Balzac : *Ursule Mirouët*. Après l'avoir lu, Ma décide de recopier un extrait sur l'envers de sa veste en peau de mouton offerte par les villageois. Ils rendent le livre à son propriétaire et espèrent pouvoir lui en emprunter d'autres. Mais, le Binoclard refuse malgré les nombreux services que nos deux amis lui rendent. La Petite Tailleuse découvre Balzac en lisant l'extrait sur la peau de la veste et en est émerveillée.

Au début de l'été, Le Binoclard reçoit une lettre de sa mère lui demandant de recueillir un bon nombre d'authentiques chants montagnards pour une revue de littérature révolutionnaire. Un de ses anciens amis a été nommé rédacteur en chef de cette revue et en échange des chants, il lui offre une place. Le Binoclard nage dans le bonheur. Il se lance dans la chasse aux chants montagnards avec une ferveur acharnée mais sans succès. Ses deux amis lui offrent de l'aider et grâce à un habile subterfuge, réussissent à récolter une grande quantité de chants d'un vieux meunier illettré. Ils récoltent également une bonne quantité de poux… Le Binoclard est ravi mais doit remplacer les paroles grivoises de plusieurs chants.

Cet été-là, le chef du village envoie nos deux amis souvent en ville afin d'assister aux projections de films. Il reste donc en l'absence de Luo, le seul maître du réveil en forme de coq à plumes de paon dont il est éperdument épris. Vers la fin du mois d'août, ils emmènent la Petite Tailleuse avec eux. À l'hôtel, ils apprennent qu'une femme inconnue y loge et doit ramener avec elle son fils. Le lendemain, sur le chemin du retour, Ma rencontre cette femme et apprend qu'elle est la mère du Binoclard. Elle lui confie qu'en tricotant, elle compose des poèmes. À la nouvelle du départ imminent de leur ami, Ma et Luo se désespèrent de ne jamais pouvoir lire les livres de la valise secrète. La Petite Tailleuse propose de voler la valise…

Pour célébrer son départ, la Binoclard et sa mère préparent une grande fête au village. Un buffle est sacrifié en le faisant tomber du haut d'une falaise. Le chef du village, quelques villageois et le Binoclard se chargent d'achever la bête. Le Binoclard recueille le sang et le partage avec le chef. À la nuit tombée, alors que la fête bat son plein, nos deux amis pénètrent dans la maison du Binoclard dans le but de subtiliser la valise pleine de livres. Ils doivent se cacher sous les lits car le Binoclard et sa mère reviennent dans la maison chercher des comprimés. Le Binoclard digère mal le sang de bœuf et une diarrhée l'oblige à se précipiter dehors dans un champ afin de se soulager. Sa mère le suit avec du papier hygiénique et nos deux amis en profitent pour s'enfuir avec la valise.

Chapitre 3

Durant tout le mois de septembre, après le cambriolage, Luo et Ma lisent livre après livre. Le Binoclard est parti sans oser les dénoncer. Le chef du village étant parti à un congrès des communistes du district dans la ville de Yong Jing, l'anarchie ne tarde pas à régner dans le village. Luo et Ma refusent d'aller travailler aux champs et passent leurs journées en compagnie de Balzac, Flaubert, Melville et Romain Rolland. Vers le milieu du mois, Luo se met en route pour le village de la Petite Tailleuse avec « Le Père Goriot » dans sa hotte en bambou. Il doit escalader un passage étroit, dangereux, formé par un immense éboulement de terre, dû aux ravages d'une récente tempête. Un jour, Ma l'accompagne pour la traversée de ce passage périlleux...

Le chef revient au village, alors qu'il souffre d'un mal de dents aigu. Quelques jours plus tard, le tailleur arrive au village avec sa machine à coudre et s'installe dans la maison de nos deux amis. Il y reçoit sa clientèle composée principalement de femmes. Le soir, il demande à Ma de lui raconter une histoire. Il explique que c'est pour cette raison qu'il est venu s'installer chez eux. Ma lui raconte « Le comte de Monte-Cristo » d'Alexandre Dumas. L'histoire dure neuf nuits entières... Le chef exerce un chantage sur Luo, dont le père est dentiste, pour l'obliger à soigner sa dent malade. L'aiguille de la machine à coudre du tailleur sera donc utilisée...

Avant son départ, Luo demande à Ma de devenir le garde du corps de la Petite Tailleuse pendant son absence et d'assurer une présence quotidienne à ses côtés. Ma accepte la mission, surpris et flatté. Il remplace donc Luo comme lecteur auprès de la jeune fille. Il ne tarde pas à participer aux travaux ménagers : ménage, préparation des repas, lessive... Un soir en retournant chez lui, il est attaqué par un groupe de jeunes gens du village, jaloux de lui. Il est en butte aux moqueries et railleries et prend bientôt la fuite. Une pierre lancée par un des garçons le blesse à l'oreille...

Au lendemain de son agression, la Petite Tailleuse confie à Ma qu'elle est enceinte de Luo. Depuis deux mois, elle n'a plus ses règles. La loi interdit l'avortement et elle ne peut mettre son enfant au monde hors mariage. De plus, il est interdit de se marier avant l'âge de vingt-cinq ans, elle en a dix-huit. Ma part donc en éclaireur dans la ville de Yong Jing pour sonder les possibilités du service de gynécologie de l'hôpital. Pendant deux jours, son approche demeure infructueuse. Il essaie d'obtenir de l'aide d'un vieux pasteur mais celui-ci se meurt d'un cancer à l'hôpital. En lui rendant visite, il réussit à entrer en contact avec le gynécologue et lui offre un livre en échange de son aide. Celui-ci accepte...

Trois mois après l'avortement, la Petite Tailleuse prend une grande décision... Balzac lui a fait comprendre une chose : « *La beauté d'une femme est un trésor qui n'a pas de prix...* »

III. PRÉSENTATION DES PERSONNAGES

Luo

Adolescent de dix-huit ans. Son père est un dentiste connu dans toute la Chine pour avoir refait les dents de Mao avant la Révolution culturelle. Luo possède un formidable talent de conteur. Il est amoureux de la Petite Tailleuse. Pendant longtemps, la famille de Luo habita à côté de la famille de Ma, sur le même palier. C'est le meilleur ami de Ma. Il possède un réveil en forme de coq avec des plumes de paon qui suscitera la convoitise du chef du village.

Ma

Adolescent de dix-sept ans. C'est le narrateur de l'histoire. Son père est pneumologue et sa mère spécialiste des maladies parasitaires. Ils travaillent tous les deux à l'hôpital de Chengdu, capitale du Sichuan. Ma est musicien et possède un violon. Il joue du Bach, Beethoven et du Brahms. Amoureux lui aussi de la Petite Tailleuse.

La Petite Tailleuse

Couturière. Son père est le tailleur de la région. Quand celui-ci est en déplacement, elle reste pour garder la boutique. Elle est très belle, une longue natte tombe sur sa nuque et possède les plus beaux yeux du district de Yong Jing. Elle possède une nature primitive. Elle découvre la lecture et les livres avec bonheur.

Le tailleur

Père de la Petite Tailleuse. Il mène une vie de roi. Il se déplace de village en village avec sa machine à coudre pour se rendre dans les familles qui ont besoin de ses services. Il n'emmène jamais sa fille avec lui dans ses tournées. On cuisine pour lui les meilleurs repas, parfois on tue même le cochon.

Le Binoclard

Adolescent de dix-huit ans, ami de Luo et Ma. Il souffre d'une grave myopie qui le laisse presque aveugle sans ses lunettes. Son père est écrivain et sa mère poétesse. Sa famille est aisée. Il possède une valise pleine de livres d'auteurs occidentaux interdits en Chine. Il est constamment en proie à la peur et est colérique.

Le vieux meunier

Très pauvre, ivrogne, connaît toutes les chansons populaires de la région. Exploite un vieux moulin. Trempe des cailloux dans de l'eau salée, les met dans sa bouche, les fait rouler entre ses dents, et les recrache par terre. Il appelle ça « les boulettes de jade à la sauce meunière ». Soupçonneux et irritable. Sa maison est infestée de poux.

Le chef du village

Homme de cinquante ans, ex-cultivateur d'opium reconverti en communiste. Convoite le réveil en forme de coq de Luo.

La mère du Binoclard

Poétesse, très belle, riche. S'adonne au tricot tout en composant des poèmes dans sa tête. Très maternelle et organisatrice accomplie.

IV. AXES DE LECTURE

Le contexte historique

L'histoire se déroule dans la Chine rouge au début de l'année 1971 et se termine deux ans plus tard. Le Grand Timonier de la Révolution, le président Mao lança une campagne qui allait changer profondément le pays : il fait fermer les universités, interdit les livres et décide d'envoyer les jeunes intellectuels à la campagne dans le but de les faire rééduquer par des paysans pauvres. Le livre est un beau témoignage des conditions de vie qui régnaient alors dans les petits villages reculés. L'absence de liberté et le maintien des paysans dans l'ignorance et le dénuement y sont très bien décrits. Le lecteur amateur d'histoire sera donc comblé à la lecture de ce livre remarquable qui amène une réflexion sur le régime communiste en Chine à cette époque et ses conséquences absurdes sur la vie des gens.

Une histoire d'amour particulière

Une belle histoire d'amour entre la Petite Tailleuse et Luo prend une grande place dans ce roman. Un amour interdit qui aurait pu avoir des conséquences tragiques à cette époque où l'avortement est proscrit et le mariage autorisé seulement à partir de l'âge de vingt-cinq ans. La jeunesse des deux amants est donc un facteur incriminant et ils doivent dissimuler leur amour aux yeux de tous. S'aimer en dépit des difficultés, des interdits et des risques et une preuve que l'amour trouve toujours son chemin en dépit de tout. Les amateurs de romanesque y trouveront leur compte.

L'absence de liberté

L'absence de liberté tisse la trame de ce roman. Liberté de penser, d'agir, de rêver, de posséder des objets tendancieux et non conforme à la pensée maoïste, d'exercer le métier qu'on aime, de décider soi-même de sa façon de vivre, de s'aimer... L'obligation de tout dissimuler et la peur de se faire prendre et se faire dénoncer sont brillamment illustrées par le personnage du Binoclard qui dissimule une valise pleine de livres interdits. L'obligation de mentir et marchander comme du le faire Ma afin d'aider la Petite Tailleuse pour son avortement.

La force des livres, l'influence du savoir

L'influence de la lecture sur la vie de l'être humain y est démontrée par la transformation de la Petite Tailleuse et sa décision de partir tenter sa chance à la ville. De nouveaux horizons se sont ouverts et le monde rétréci dans lequel elle vivait s'est agrandi à la lecture des livres. Sa vie a pris une direction nouvelle et son destin tout entier s'en trouve ainsi changé. Est-ce en mieux ou en pire ? La fin du livre nous laisse sur ce paradoxe de la lecture. Trop d'idées nouvelles d'un coup peuvent faire aussi beaucoup de tort et non seulement du bien. C'est la réflexion que nous laisse ce livre et on s'interroge sur ce qui adviendra de la jeune fille à la ville... A-t-elle pris la bonne décision en partant ? L'être humain doit-il rester dans l'ignorance où s'instruire coûte que coûte ? Les livres n'apportent-ils que du bonheur ou au contraire, peuvent-ils faire basculer une vie dans le malheur ?

À l'inverse, le thème de l'ignorance et de la bêtise est exposé à de nombreuses reprises. Il suffit de relire les premières pages du roman pour réaliser ce que l'ignorance peut amener comme comportement absurde : examiner un violon avec crainte et perplexité et plus loin, appeler des sorcières au chevet d'un malade, vivre dans la crasse et les poux, tomber amoureux d'un objet de pacotille et développer une obsession enfantine à son égard.

Les conditions de vie dans la campagne chinoise

Les conditions de vie des campagnards font l'objet de plusieurs descriptions étonnantes. Que ce soit celle de la maison où logent nos deux amis obligés de cohabiter avec une truie... La description de l'atelier crasseux du tailleur, la maison envahie de poux du vieux meunier, les chambres de l'hôpital de Youg Jing où on doit faire la cuisine. Le dénuement et la rudesse de la vie à la campagne sont bien présents et portent à réfléchir. Les durs travaux, que ce soit aux champs où dans les mines, la difficulté de se déplacer par des sentiers rudimentaires frôlant des précipices vertigineux, l'absence d'hygiène et de confort, l'ignorance et la superstition sont quelques-uns des aspects abordés dans le livre.

Dans la même collection en numérique

Les Misérables
Le messager d'Athènes
Candide
L'Etranger
Rhinocéros
Antigone
Le père Goriot
La Peste
Balzac et la petite tailleuse chinoise
Le Roi Arthur
L'Avare
Pierre et Jean
L'Homme qui a séduit le soleil
Alcools
L'Affaire Caïus
La gloire de mon père
L'Ordinatueur
Le médecin malgré lui
La rivière à l'envers - Tomek
Le Journal d'Anne Frank
Le monde perdu
Le royaume de Kensuké
Un Sac De Billes
Baby-sitter blues
Le fantôme de maître Guillemin
Trois contes
Kamo, l'agence Babel
Le Garçon en pyjama rayé
Les Contemplations

Escadrille 80

Inconnu à cette adresse

La controverse de Valladolid

Les Vilains petits canards

Une partie de campagne

Cahier d'un retour au pays natal

Dora Bruder

L'Enfant et la rivière

Moderato Cantabile

Alice au pays des merveilles

Le faucon déniché

Une vie

Chronique des Indiens Guayaki

Je voudrais que quelqu'un m'attende quelque part

La nuit de Valognes

Œdipe

Disparition Programmée

Education européenne

L'auberge rouge

L'Illiade

Le voyage de Monsieur Perrichon

Lucrèce Borgia

Paul et Virginie

Ursule Mirouët

Discours sur les fondements de l'inégalité

L'adversaire

La petite Fadette

La prochaine fois

Le blé en herbe

Le Mystère de la Chambre Jaune

Les Hauts des Hurlevent

Les perses

Mondo et autres histoires

Vingt mille lieues sous les mers

99 francs

Arria Marcella

Chante Luna

Emile, ou de l'éducation

Histoires extraordinaires

L'homme invisible

La bibliothécaire

La cicatrice

La croix des pauvres

La fille du capitaine

Le Crime de l'Orient-Express

Le Faucon malté

Le hussard sur le toit

Le Livre dont vous êtes la victime

Les cinq écus de Bretagne

No pasarán, le jeu

Quand j'avais cinq ans je m'ai tué

Si tu veux être mon amie

Tristan et Iseult

Une bouteille dans la mer de Gaza

Cent ans de solitude

Contes à l'envers

Contes et nouvelles en vers

Dalva

Jean de Florette

L'homme qui voulait être heureux

L'île mystérieuse

La Dame aux camélias

La petite sirène

La planète des singes

La Religieuse

À propos de la collection

La série FichesdeLecture.com offre des contenus éducatifs aux étudiants et aux professeurs tels que : des résumés, des analyses littéraires, des questionnaires et des commentaires sur la littérature moderne et classique. Nos documents sont prévus comme des compléments à la lecture des oeuvres originales et aide les étudiants à comprendre la littérature.

Fondé en 2001, notre site FichesdeLectures.com s'est développé très rapidement et propose désormais plus de 2500 documents directement téléchargeables en ligne, devenant ainsi le premier site d'analyses littéraires en ligne de langue française.

FichesdeLecture est partenaire du Ministère de l'Education du Luxembourg depuis 2009.

Plus d'informations sur www.fichesdelecture.com

Notes :